모란이 피면
벙어리도 운다

시와소금 시인선 · 058

모란이 피면
벙어리도 운다

박광호

시와소금

독일 광부로 간 한 남자가 생각납니다. 독일인 아내를 만나 행복한 노년을 보내다 남자는 치매에 걸렸습니다. 독일어는 다 잊어버렸어도 다행히 우리말은 기억했습니다.

모국어! 모국어는 우리의 영혼입니다. 어쭙잖은 시를 쓰면서 우리말을 오염시키지는 않았는지 반성해 봅니다. 무딘 재주로 시를 쓰느라 시의 본질에서 벗어나 시를 농락하거나 언어유희를 벌인 건 아닌지 조심스럽습니다.

대숲에 머무는 청솔바람 같은 시를 쓰고 싶었습니다. 그래서 남들이 다 떠난 강변이나 산기슭을 아직도 서성이고 있습니다.

내 시가 세월이 가도 마르지 않는 모국어 몇 모금으로 남을 수 있다면 삶이 얼마나 큰 축복이겠습니까.

2017년 봄 율현재에서
박광호

| 차례 |

| 시인의 말 |

제1부 인연

제2부 모국어

제3부 엄마의 유산

제4부 시는 나의 사랑

제 **1** 부

인 연

인연

노루귀 바람꽃 얼레지
꽃들의 이름을
하나 둘 부르면
내게로 와 모두
따스한 시가 된다

동박새 소쩍새 뻐꾸기
새들의 이름을
하나 둘 부르면
내게로 와 모두
까닭 모를 설움이 된다

두만강 낙동강 섬진강
강들의 이름을
하나 둘 부르면
내게로 와 모두
간절한 기도가 된다

선자네 주점

민들레
다문다문 피어 있는
선자네 앞마당에
들어서면
허허허 호호호
웃음꽃 핀다

기웃해보면
머루 빛 쪽마루에
개다리소반
쭈그러진 냄비 하나
볼 족족한 노인
대여섯이 둘러 앉아
동네 개울에서 잡아온
피라미 매운탕으로
술을 마신다

선자 시집보내고

혼자 사는 안노인
누가 안주감만 가져오면
반기며 냉장고에서
소주병 꺼내
뚝딱 술상을 본다

분꽃의 시간

분꽃 피는 하오
해 설핏한 꽃밭에
청람 빛 여름향기
고즈넉하고
봉숭아 백일홍 사이
꽃의 영혼 나비도
날개 접고 잠이 들었다

원시의 하늘엔
외로운 순정이
하얗게 낮달로 걸리고
우리 할머니 달 따라
하늘 가셨다

해 저문 논둑에서
쪽쪽쪽 쪽쪽쪽
머슴새 울고
나는 느티나무 아래

너를 기다리며
하모니카를 불었다

모란이 피면 벙어리도 운다

고향집 이웃에
벙어리 누나가 살았다
그녀가 샘가에 물 길러 가면
동네 아낙네들
물동이 일 생각도 않고
쯧쯧 인물이 아깝다고 혀를 찼다
열사흘 차오르는 달 마냥
피어난 얼굴이 텃밭에서
막 딴 오이향처럼 상큼했다

어느 날 그녀가
손짓으로 불러 가보니
밤새 헛간 옆에 모란이 피었다
뉘를 향한 그리움이기에
저토록 붉을까
아으아으 그녀가
무슨 말을 하려다
답답한 듯 주먹으로

봉긋한 가슴을 쥐어박았다

서역 만리 꽃길 걸어오는
임의 발자취인가
기다려 마음 졸여
꽃물 배인 옷자락에
모란당초 수라도 놓고 있었나
언뜻 그녀의 눈에
이슬이 맺혔다
모란이 피면 벙어리도 운다

방우

삶이 외롭고
정이 그리울 때
홀로 훌쩍 떠나
동해안 따라 가없이
눈 속을 헤매다
어부들 노랫소리
자란자란한 바다
어화등漁火燈 붉은
어느 눈 내리는 포구
주막집에 들어
나무하고 물 긷는
방우가 되어도 좋다

밖엔 연신 눈이 내리고
손님 없는 고적한 주막
나어린 술집 여자 순이가
아재 아재 날 부르면
그녀의 방에 장작불 지펴주고

그녀가 폭폭 한숨지으면
같이 화투라도 치고
그녀가 외로워
훌쩍 훌쩍 눈물 흘리면
소주 잔 기울이며
남녘 어디가 고향이라는
그녀의 슬픈 사연을
밤새 들어주고 싶다

* 방우 : 경북지역 방언으로 나무하고 물 긷는 등, 허드렛일을 하는 나이든 머슴.

눈길

눈이 오네요 선생님!
평소 무던하게 지내던
동네 할머니 한분이
가쁜 숨 몰아쉬며
언덕 길 올라온다
이런 얘기도
시가 될 수 있는지 모르겠네요
벌써 할머니 눈빛은
무슨 할 말이 있다는 표정이다

금세 할머니는 모진 세월 너머
갓 시집 온 새댁으로 돌아간다
앞산도 첩첩
뒷산도 첩첩
가난한 산촌으로 시집 와
몇 해 만에 친정 나들이 하고
돌아오던 날은
함박눈이 내렸다

버스가 이웃 마을까지 들어와
고개 하나를 넘어야
새댁이 사는 마을이었다
무릎 가까운 눈을 헤치며
어둠이 내리는 산길을 가는데
누가 와 손에 든 짐을 빼앗는다
이 눈길에 어떻게 여자 혼자
솟삐고개를 넘으려고 ...
처음엔 누군가 했는데
가정 방문 때 한 번 뵌
어린 시누이 담임 선생님이었다

고개를 넘으며 둘이는
여러 번 눈 속에 나뒹굴었다
그럴 때마다 다홍색 뉴똥치마가
꽃잎처럼 나부꼈다
눈 속에 꽃신도 잃어버렸다
간신히 버선발로 동구까지 와

젊은 선생님은
눈 내리는 밤길을 되돌아 가셨다

그날 이후 새댁은
싸르륵 싸르륵
눈 내리는 저녁이면
공연히 가슴 설레어
마음 깊은 곳에
등불 하나 켜고
까닭 모를 설움에
한숨짓는 버릇이 생겼다

얼음새꽃

이화령을 수비 하던 부대가
정전 다음해에 철수하였으나
이북이 고향인 외로운 병사 한 사람이
산촌의 미친 여자 정님이에게
마음을 빼앗겨 홀로 떨어져 남았다
사람들은 그를 미치광이 박 중사라 불렀다

어느 눈 내리는 저녁
어르신 계세요 하고
할아버지를 찾는 소리가 들렸다
"성냥만 그어대면 불이 확 붙는
장작이 있는데 한 짐 들여 놓을까요"
낯선 소리에 밖을 보니
뜨락에 젊은 남녀가 손을 꼭 잡고 서 있었다
그때 처음 본 박중사의 눈빛이 참 선했다

뭐가 그리 좋은지
여자가 남자를 보며 연신 웃고 있었다

남자는 낡은 군용 오버를 입었고
앳된 여자는 노랑 반회장 겹저고리에
빨간 치마를 입었다
옷에 땟국이 흘렀으나
입술은 빨갛게 연지를 발랐다
눈동자가 조금 풀린 듯 했지만
도톰한 입술과 오뚝한 콧날이 참 예뻤다
미친 여자 정님이는
내게는 멀지 않은 친척 누님이었다

둘은 산에 있는 바위굴에 살며
나무를 해다 팔아 좁쌀죽을 쑤어 먹으며
겨우 연명했다
여자의 배가 깍짓동 같은 걸 보니
홀몸이 아닌 듯 했다

이듬해 봄 진달래가
발갛게 산허리를 두르고

처음으로 두견새가 울던 밤
정님이 누님은 해산을 하다
난산으로 아기와 함께 죽었다

박 중사는 정말로 미치광이처럼
장터로 들녘으로 마구 헤매 다니다
어느 날 홀연히 사라졌다
나중, 그의 시신이
유지봉 수리바위 아래서 발견 되었는데
다들 정님이 누님이 데려 갔다고 했다

이승에 새봄이 오자
잔설 덮인 바위굴 앞에
이름 모를 꽃 두 송이가
언 땅 헤집고 나와 샛노랗게 피었다
사람들은 눈 속에서 핀 그 꽃을
얼음새꽃 이라 불렀다

* 위 시는 목성균의 수필 「얼음새꽃」을 참고 인용하였으며 얼음새꽃은 복수초의 다른 이름이다.

수타사 수달래

산문 밖은
연둣빛 잎들이
자지러지는데
절을 안고 흐르는 계곡에
수달래가 한창 피고 있었다

오로지 붉은 마음
가슴 깊이
눈물로 맺힌 얼룩이
고향 집에 두고 온
한 마리 순한 짐승
허기진 막내 누이 닮았다

장지에 밴 묵혼墨魂 같은
아련한 그리움
해 저물녘
소년은 누렁이 우는 강가에서
소먹이 풀을 베고

어린 누이는
수달래 꽃을 꺾었다

진달래꽃은 붉어라

삼동을 인내하고
온 동네 산마다
혼불 타오르듯
붉게 붉게
누님이 다 꽃 피우셨지요

우리 동정童貞의 누이들이
산이 좋아 산으로 가
이승의 검은 머리 풀고 잠든
진달래 밭
꽃 속에 얼룩 몇 점은
누구의 눈물입니까

진달래꽃 따다
날 저물던 봄
아! 진달래꽃은 붉어라
꽃잎 먹은 설움
노을처럼 붉어라

구절리 엄 노인

적막 깃드는 저녁
산자락 보며 쉬고 있는데
"어데서 오셨드래요"
하고 누가 말을 걸어온다
돌아보니 나이 드신 노인이다

요즘 웬 중의적삼인가
그래도 노인에겐 잘 어울렸다
커다란 눈에 설핏한 몸놀림이
순한 짐승을 닮았다
노인에게서 갓 바른 창호지 냄새가 났다

엄 노인은 열다섯 전쟁 통에
아버지를 잃고
홀어머니와 구절리에서
노추산 자락에 붙어있는
올망졸망 따비밭을 일구며
평생을 힘들게 살았다

늦은 나이에 올 동박처럼
굴러 온 처자와 인연을 맺어
아들 셋에 딸 하나를 두었다
자식들은 자라 물고기처럼
아우라지 여울지나
동강 물 따라 모두 대처로 가고
지금 막내아들과 살고 있다고 했다

깊은 밤
투두둑 울안에 알밤 지는 소리
함께 듣던 할멈 먼저 보내고
혼자 외롭게 늙었다며
이제 살날도
얼마 남지 않았다고 쓸쓸히 웃었다

오월의 저녁이
생각보다 춥다고 했더니
요새도 군불을 땐다고 했다

딸년이 평창으로 시집 갈 때
처음 성마령星摩嶺을 넘어보고
그 후 큰 재 넘어
타곳에 간적이 몇 번 안 된다고 했다

산간 오지에서 붙박이로 살아온
세월이 억울하지 않느냐고 물었더니
아무런 대답 없이
삭정이처럼 사그라진
어깨를 한번 들썩 할 뿐이었다

노인의 삶을 닮은 아라리는
아직도 끝나지 않았다
아우라지 뱃사공아 배 좀 건너 주게
싸리골 올 동박이 다 떨어진다
떨어진 동박은 낙엽에나 싸이지
사시사철 임 그리워 나는 못 살겠네
아리랑 아리랑 아라리요

돌배나무

돌배나무 아래 잠들면
먼 조상의 노래가 들려요
아득한 삼한三韓 너머
진두 강에서
고기잡이 하고 돌아오며
부르던 어부의 노래가
강가 오두막에는
돌배나무 한 그루 서 있어요

오늘도 고향집에는
그리다 그리다
그믐달처럼 사위어진
늙으신 어머니가
돌배나무, 누렁이와 함께
인고忍苦의 씨앗을
돌밭에 뿌리며
옛 터전을 지키고 있어요

코스모스 연가

가을 들녘에 핀
너를 만나면
나는 한줄기
바람이고 싶다

청초한 얼굴
애잔한 눈빛
가려린 몸매

이슬에 목욕한
함초롬한 모습
하얀 소복 입은
청상青孀이지만
다가서면 미풍에도
몸을 하늘하늘 떠는
순결 뒤에 숨긴
너의 교태를
나는 엿보았다

화개장터

꽃향기 취해 찾아든
화개장터
살 오른 섬진강 은어가
수박 맛이다

산문으로 이어진
막 꽃망울 터뜨린
십리 벚꽃 구름길 따라
극락으로 가는데
쌍계사 샘물 맛이
유난히 달다

고적한 법당에는
무거운 짐을 버리고자 할지언정
새로운 짐을 만들지 말라하신
아함경 말씀이
추녀 끝 풍경 소리로 흐르는데
등꽃처럼 얽힌 속세의 인연을

다 어쩔 것인가

칠불암 시주 길에
성기와 계연이가
나눈 금단의 사랑이
봄빛 흐드러진 계곡에
도화 꽃으로 붉다

* 성기와 계연이는 김동리 소설 「역마」에 나오는 남녀 주인공으로 둘은 이모와 조카사이다.

눈썹

어느 날 아침 밥상머리에
아내가 내 눈썹을 보며
참 우습게 생겼다며 킥킥 웃었다
아미산峨眉山에 뜬
초사흘 눈썹달은 아니어도
평생 불평 없이 달고 살았는데
거울을 보니
꼬리 부분이 뭉텅 빠져 나가
참으로 볼품이 없다

예로부터 미인의 눈썹을
아미蛾眉라 하여 높이 칭송했으니
수주도 그의 시 논개에서
'아리땁던 그 아미
높게 흔들리우며
그 석류 속 같은 입술
죽음을 입맞추었네, 노래했다

양귀비꽃 보다 붉은

님의 거룩한 분노

사랑 보다 강한 정열은

조국을 수호하려

꽃다운 혼으로 남아

오늘도 푸르게 푸르게

진주 남강 물위에 흐른다

서정주와 국화

국화꽃에 내린 서릿발이
소년의 심장을 찔렀다
소학교 3학년 열두 살에
사랑앓이를 하다니
참 이상한 아이였다
줄포 소학교 교정에
연분홍 살구꽃잎이
나붓 나붓 날리던 봄날
요시무라 아야꼬 선생님을
처음으로 만났다
3학년 첫 수업시간
선생님은 아이들과 하나하나
눈을 맞추시더니
맨 뒷줄에 앉은 정주와
눈이 마주치자
한동안 눈길이 머물렀다
순간 소년은
불 맞은 슬픈 짐승이 되었다

느리고 부드러운 알토의 음성
둘이 눈 맞출 때
물빛 라일락의
빛과 향기가 선연한
선생님의 눈동자에
별이 하나 떴다
정주가 쓴 글을 보시고는
"참 기막히게 꿈같은 글도 다 봤어……"
넌 나라의 사슴같이 이쁘니라 하셨다
그 말에 소년의 가슴은
종달새 수런거리는 보리밭이 되었다

눈이 부시게 푸르른 날
갑자기 선생님이 떠나신다고 했다
소년은 가슴이 무너져 내렸다
산국이 노랗게 핀 질마재 언덕 넘어
선생님은 꿈결처럼 가셨다
꾀꼬리처럼 울지도 못할

귀신이나 알 기찬 사랑을
가슴에 품은 소년은
학교에서 돌아오자 덜렁 드러누웠다
오랜 병석에서 깨어났을 때
소년에게 시혼詩魂이 찾아왔다

내 영혼은/ 물빛 라일락의/
빛과 향기의 길이로다/
가다가단/ 후미진 굴헝이 있어/
소학교 때 내 여선생님의/
키만큼 한 굴헝이 있어
(서정주, 「내 영혼은」 중에서)

소년의 영혼을 가둔 깊은 굴헝
노오란 국화꽃 한 송이로 피었다
'한 송이 국화꽃을 피우기 위해
봄부터 소쩍새는 그렇게 울고
천둥은 먹구름 속에서

또 그렇게 울었나 보다
그립고 아쉬움에 가슴 조이던
머언 먼 젊음의 뒤안길에서
이제는 돌아와 거울 앞에 선
내 누님 같이 생긴 꽃이여,
남들은 거울 앞에 선 누님을
번뇌의 역정에서 중년기로 돌아온
한국의 여인이라 했다

대한민국 문화사절단을 이끌고
일본을 방문했을 때 문부성의 도움으로
미당은 옛 스승을 만났다
평생의 화두였던 그날 선생님의 눈빛
그 의미를 확인 하고자 긴 세월 기다려
희끗한 머리로 이제야 왔다고 하자
대시인이 되어 돌아 온 제자 앞에서
선생님은 손수건을 꺼내
잠시 눈물을 닦으시더니

"그때 마주친 네 눈이 첫돌 지나 죽은
내 아들의 눈동자를 그대로 닮았어" 하셨다
아야꼬 선생님은 군산에서 근무하다
남편의 전사 통지를 받고
곧이어 아들마저 잃게 되자
슬픔을 이기지 못해
스스로 지원 시골 학교로 오셨다

가을도 깊어,
질마재 언덕 노오란 국화꽃잎에
하얗게 무서리가 내리는데
아직도 못다 태운 시혼이
밤새 뒤척이다
한 줌 매운재로 남았다

꽃이 지다

간밤 비바람에
꽃들이 진다
어떤 꽃은
후드득 후드득
눈물로 땅에 지고
어떤 꽃은
하늘하늘 춤추며
산화散花 한다
꽃들도 토장土葬을 하고
풍장風葬도 하나

짧은 봄잠 속에
떠나버린 너
너와 숨 막히는
절정의 순간들
올 봄은
진달래 꽃가지 하나
꺾지 못하고
봄날이 간다

당신의 그 꽃

신년 시사詩社에서
이런 저런 얘기 끝에
첫사랑과 인연지어
떠오르는 꽃을 물었더니
봉숭아 코스모스 복사꽃
할미꽃 나팔꽃 진달래였다

당신 가슴에
묵흔墨痕처럼 배어
지우고 또 지워도
아련한 그리움으로
남는 그 꽃
당신은 어디에
꼭꼭 숨겼습니까

제 **2** 부

모국어

추회追懷

추운 겨울밤에도
발갛게 얼지 않고 설레는
그리움이 있습니다

눈 내리는 저녁
누군가 문밖에
두런거리는 소리
떠난 사람 못 잊어
가슴 한 모서리
불꽃으로 태우다
밤새 눈길 헤매는
어느 영혼이 있습니다

긴 겨울밤에도
발갛게 얼지 않고 설레는
이름이 하나 있습니다

모국어

그냥 불러만 보아도
시가 되는 말이 있다

어머니 어머니 우리 어머니!

고향 고향 내 고향!

동무 동무 어깨동무!

봄 봄 매화 봄!

꿈 꿈 무지개 꿈!

별 별 내 가슴에 별!

보리밭 보리밭 청보리밭!

찔레꽃 찔레꽃 서러운 찔레꽃!

누이야 누이야 후살이 간 누이야!

소나기 소나기 한 줄기 소나기!

솔아 솔아 푸른 솔아!

눈 눈 싸락눈 함박눈!

사랑 사랑 첫 사랑!

님아 님아 우리 님아!

이별 이별 생이별!

진달래 진달래 약산 진달래꽃!

지심도 동백

다만 마음뿐인 섬
지심도只心島에
동백이 피었다

쪽빛 하늘이 서러워
그 한 모서리
다홍으로 불붙다 순간
자객처럼 날리는 너의 결기에
맨땅으로 툭툭 떨어지는
선혈 낭자한 네 순정이
나는 두렵다

갈데없는 정화情火
외롭기로 말하면
청상青孀이지만
애먼 그리움일랑
저 가슴 먹먹한
남해 바다에 던지고

색기 자르르한 계집 마냥

날 유혹이라도 해 보렴

핏빛 얼룩진 네 오기를

아작아작 눈물로 밟고 걸으면

화려한 꽃잎이

옷에도 젖고

살에도 젖는다

벌교 꼬막

제석산 자락에
쑥부쟁이 향기 물큰한
늦은 가을
소화네 집을 찾았다
여자만汝子灣 갯벌에서
달을 품고 몸살 앓은
참 꼬막이 반긴다

밥상에 오른 꼬막 찜의
짭조름하고 쫄깃한 한 맛
그리고 촉촉한 육즙이라니
음식이 시가 될 수 있다면
바로 이 맛이 아닐까

속 배추에 빨간 통고추를 갈아
꼬막 살을 버무린 야채무침도
그 맛이 상큼하고 오묘하다
혹여, 남도 풋 가시내

도화 빛 가슴 헤치고
채 벙글지 않은 꽃봉오리
백자 빚듯 다독여
순수 몇 방울 떨군 건 아닌지

산촌

무서리 내리는 밤
투두둑 투두둑
산과山果 떨어지고
뒤란 고목에서
부엉이 우는데
옆 집 영감님 잠 못 들어
뒤척이는 소리에
황구는 달무리 보고 짖는다

개나리

개나리 피면
외갓집 생각난다
봄이 와 개나리꽃이
솔모로 외가 초가지붕을
노랗게 물들이면
한 낮 갑진재에서
캥캥 여우가 울었다

갓 깨어난
병아리 지껄이듯
조잘 조잘 피어나는
개나리 꿈을
냇가 버들강아지
귀 쫑긋 열고 엿 듣는다

발효, 그리고 사랑

그 여름 덕고개 과원으로
복숭아 먹으려 갔다
소나기 피하러 들어 간
주인 없는 원두막에서
나는 겁도 없이
귀밑머리 보송한 너에게
사랑한다고 말했다

그 말이 빌미가 되어
평생을 싸웠다
가끔 사랑을 씹으면
땡감처럼 떫었다
사랑도 변해야
산다는 것을 몰랐다

한바탕 폭풍이 지난 후
너의 영과 육신이 발효되어
네 입술이 포도주처럼 달고

내 떫은 풋감이
여름 햇살과 천둥소리로 익어
어느 눈부신 가을 아침
발갛게 너의 식탁에 오르면
세상 어느 누구인들
자기 삶을 사랑하지 않으랴

봉숭아물 들인 여자

봉숭아꽃물 들인
여자를 보면
사랑하고 싶다

가끔은 웃을 때
입을 가리는 여자
창호지 문 갓 통과한
햇살의 아련한 관능
호박琥珀빛 그리움으로
발갛게 물든
그녀의 여린 약지와 만나면
가슴은 대책도 없이 설렌다

그녀의 손톱에
하얗게 반달이 뜨면
꽃은 달을 품고
여름내 달구어진
응어리를 푸는데

꽃물보다 더 진한
그녀의 향기는
어느 영혼이 간밤에 꾼
헛간 초가지붕 위
하얀 박꽃 사랑이다

소화네 집

붉나무 잎새
물드는 가을 날
벌교 제석산 자락
조정래 문학관
소화네 집을 찾았다

무당 딸 소화와
지주 아들 정하섭이
가슴 아픈 사랑을 나눈
소설 태백산맥의 현장
낮춤한 토담이
신당을 둘러치고
뒤란 대나무 숲이
일자집을 보듬었다

대숲에 한 줄기
청솔 바람이 인다
소화의 혼령인가

언뜻 차꽃 향기 난다
소화! 얼마나 고운 이름인가
중학생 소년이
몰래 숨어 바라 본
소화는 말 수가 적고
기품이 있었다

정참봉네 마당에서
큰 굿이 있는 밤
소년은 손에 쥔 알밤을
소화에게 건넸지만
사람들 눈이 부끄러워
소녀는 슬그머니 피했다

먼발치서 바라보며 가슴만 죄던
정하섭이 토벌군에게 쫓겨
부상당한 몸으로
신당에 숨어들었을 때

새끼 무당 소화는
이 사람을 살려야 한다는
일념뿐이었다

몸이 차츰 회복 되고
둘 사이가 가까워지자
어미 월녀는 밤마다
안절부절 애를 태웠다
저것들이 저러다
사고 치면 안 되는데
딸 소화의 출생은
오직 월녀만 알고 있는
비밀이었다

둘이 처음 맺어진 밤
그들의 몸은 열탕이었다
왜 그리 눈물이 나는지…
그 간절한 사랑도

새벽녘 울린

총성 한방으로 끝났다

정하섭의 시신을 수습하는

소화의 서러운 몸에

새 생명이 움트고 있었다

* 소화와 정하섭은 고모와 조카사이로 맺어서는 안 되는 운명이다. 소화는 무당 월녀와 정하섭의
  할아버지 정참봉 사이에서 난 딸이다.

딱따구리

아침마다
딱따구리가 와서
목탁을 두드린다
대추나무 대신
밤나무 목탁도 울림이 좋다

딱딱 따르르
딱딱 따르르
게으름 부리지 말고
부지런히 일하라 한다
채우는 삶 보다
비우는 삶을 살라한다

민들레

민들레야! 민들레야!
왜미둑에 민들레야
키 작아 밟히기만 하는 너

남이 버린 땅도 마다 않고
한 줌 바람만 있으면
어느 헛헛한 곳에서도
너는 생명을 잉태 한다

밟아도 밟아도
다시 일어서는 민초처럼
몸 안에 번지는 통증을
드러내지 않고
일편단심 옹골찬 꿈을
멀리 무지개 언덕 넘어
둥실 둥실 날려 보낸다

가래울 독바위

무슨 인연으로
가래울에 와
갈매 빛 청산 바라보며
억겁의 세월 홀로 섰는가

수많은 천둥 번개가
곁을 지나도
너를 범하지 못하였고
천년을 묵언정진黙言精進
장자의 나비를 꿈꾸던
너의 염원은 신화가 되었다

마른천둥이라도 불러
네 몸을 갈라
따뜻한 속살의 온기에
내 차가운 심장 덥혀
간절한 시 한편 쓸 수 있다면
혼자 늙는 설움일랑

해금의 질긴 소리에 묻어두고
천길 땅속에서 정한 수 길어
네 발등에 부으며
이승의 번뇌와
애련에 물들지 않는*
한 덩이 바위가 되어도 좋으리

* 유치환의 「바위」에서 인용

산 너머 남촌 땅을 분양합니다

지금 남촌에는
울렁울렁 꽃들이 피고 있습니다
산 너머 남촌 땅을 분양하오니
사모님! 빨리 연락주세요
산 너머 남촌 땅은 꿈꾸는 땅입니다
희망의 땅 남촌에는
언제나 따뜻한 바람이 불어옵니다
진달래 향기, 보리 내음새는 거저 드립니다
쪽빛 하늘과 종달새 노래도 끼워 줍니다
돈 없이도 그리움만 있으면 살 수 있는
산 너머 남촌 땅
당신의 잃어버린 사랑도 찾아줍니다
사랑하는 사람과
남행 열차 타고 와
실버들 남천을 함께 걸으면
봄 신령에 사로잡힌
당신의 그 임이 종달새 마냥
하루 종일 사랑을 지저귀며

진달래꽃 한 아름 꺾어

당신의 부푼 가슴 가득

붉게 붉게 안겨 줄 겁니다

* 본 시는 巴人 김동환의 「산 너머 남촌」을 참고 인용하였음.

탱자 향기

학교 가는 길
과수원 울타리에
노랗게 익은
탱자를 따
몰래 그 아이 책상에
올려놓고
가슴 두근거렸다

내 이름 마구 부르던
그 아이
어느 날부터 날 보면
수줍게 눈웃음만 짓고
말이 없었다

눈감으면
다가서는 그 아이
하얀 탱자 꽃이다

폭염

꽃 다 지우고
천둥이 먹구름
몰고 오더니
노염老炎이
좀처럼 물러 날
기세가 아니다

파초의 꿈은 무성하고
갈꽃의 노래는 아직 멀다

눈감아도
서러운 님아!
아무리 더워도
올 가을 단풍은
보고 죽어야지

장미

한 떨기 장미
그 농염한 자태
열정적인 춤사위로
저 깊은 심장까지
다 드러내 놓고
나를 보라 한다

눈부신 신록 속에
홀로 붉은 너의 오만
줄리엣보다 깊은 사랑
가슴에 품고
가시 면류관이라도 쓰리라

초여름 향기 묻어나는
언덕에서
그대 이름 부르다
서슬 푸른 가시에
살점이 찢기면

선혈 낭자한
더 붉은 꽃을 피우리라

오동꽃

명혼冥婚 올리는 밤
무너진 토담 옆
오동 한 그루
한생을 못다 울고 간
누이의 보랏빛 사랑이 아프다

오동이야
몸통이 죄다 설움이어서
천년을 거문고로 울지만
사람들은 왜
오동 꽃 지는 아래서
이별을 생각하며 눈물 흘릴까

그리움이
울안 우물처럼 깊은 밤
뒷산에서 두견새 울고
금생에 못다 닿은 한이
오동 꽃 위에
달빛으로 흥건하다

살구꽃

강 건너 온
봄 손님
우리 집 뜰안에
꽃등 밝혔다
안산 봉우리에도
담홍빛이 삼십 리라는
개살구가 화들짝 피었다

여기도 꽃등
저기도 꽃등
봄이 강신降神 하려나
아직 차가운 대지에
귀 기울이면 꽃의 정령들이
저마다 먼저 피려고
우우우! 우우우!
아우성이다

오월이 오면

오월이 오면
오월이 오며는
난 한 마리 종달새 되리

보리밭에 잠들었다
밭머리 찔레덤불에
수런수런 꽃들이 피면
난 하늘 높이 날아올라
푸른 오월을 노래하리

오월이 오면
오월이 오며는
난 깊은 샘물 되리

돌 틈에 이끼 돋은
적막한 우물에 잠들었다
계절의 여왕 오월이
장미 거느리고

해맑은 얼굴로 오시면

청신한 샘물 길어

발등을 씻어 드리리

들국화

가을이 어디쯤 오나
물었더니
중양절重陽節 아홉 마디
구절초 하얗게 웃네

가을이 어디 있나
헤매었더니
산자락 샛노란 감국
나를 보라 하네

마른 낙엽 향기에
눈물 그렁그렁 하면
쑥부쟁이 언덕에
하얗게 무서리 내리네

제 **3** 부

엄마의 유산

함박꽃

뒤란 장독대 옆
엄마의 꽃밭에
엄지고 붉은
함박꽃 대궁이
해동된 땅 헤집고
열병식 하듯 올라온다

오월도 저물어
뻐꾸기 소리 잦아지고
조팝나무 이팝나무 찔레
아카시아 산자고
흰 꽃무리가
여기 저기 다투어 피면

함박꽃은
그제서야 보란 듯이
진분홍 꽃망울 터뜨리고
활짝 웃는다

엄마의 꽃밭

나 여기 누워 있으니
참 편고 좋아야
저 청산 계곡 물소리
얼마나 시원 하냐

엄마의 꽃밭에
봉숭아 백일홍 과꽃대신
망초 엉겅퀴 쑥대만 가득하다
엄마 미안해
자주 못 와서
걱정마라 아범아
내 생전 꽃밭 가꾸길 좋아했잖니
이게 다 내가 키우는 거란다
저기 봐라! 나리꽃도 피었고
너와 손잡고 외갓집 가는 길에 본
노오란 민들레도 있잖니

자줏빛 바늘꽃잎이 예뻐

엄마가 좋아 하시던 엉겅퀴
그래도 오늘은 뽑아야겠어요
칡넝쿨이 넘보지 못하게
추석 전에 다시 올게요
살다 힘들면
엄마 봉분 뒤에 와 숨을래요

엄마의 유산

양평 오일장에서
그릇 전 모퉁이를
돌아 지나시는
엄마의 야윈 어깨와
초라한 치마 자락을 보았다

가난한 산촌으로 시집와
몇 해 근친도 못가고
꿈마다 그리던 엄마였다
그래도 난
엄마! 하고 부르지 못했다
허기진 엄마에게
국밥 한 그릇 사드려야 하는데
콩 타작 도리깨 사고 나니
주머니가 비었다
지독한 가난이 밴 내 모습이 싫어
그날 장터에서
하루 종일 엄마를 피해 다녔다

여섯 남매가 밥상에 둘러앉으면
엄마는 늘 난 배부르니
너희들이나 많이 먹으라시며
당신의 살과 뼈를 다 발라주셨다
울안 자두를 따도
엄마는 못생기고 상한 것만
골라서 드시었다

초등학교 5학년 올라갔을 때
선생님께서 집안의 장녀인
나를 부르시었다
엄마가 쓰러지셨으니
빨리 병원에 가보라고
어처구니없게도
엄마의 병명은 영양실조였다

그렇게 먼발치에서
엄마의 뒷모습 만 보고

돌아 서는 못난 딸이
서럽고 부끄러워
농다치 고개를 넘으며
한없이 울었다
이렇게 슬픈 밤에는
하늘 가득 별이다

이 앙다물고 살아
처음으로 샘말에
닷 섬 지기 무논을 마련했을 때
엄마에게 달려가 펑펑 울고 싶었다
허지만 엄마는 기다리시지 않았다
평생을 들찔레처럼
살다 가신 우리 엄마
오늘은 엄마가 너무도 그립다

어느 후생後生이 있다면
— 어머니의 봄

해 저물녘이면
못 견디게 그리운 이름이 있습니다
고샅길 어귀에서 얘야 하고
날 부르는 소리
눈이라도 펄펄 내리는 저녁이면
나붓거리는 눈송이 마다
모두 당신의 얼굴입니다
어느 후생이 있어
우리가 다시 만난다면
어머니는 소원처럼 새가 되어
뒤울안에 와 울고 계실까

삶이 고단했던 시절
음식 솜씨가 좋아
자주 잔치 집에 불려 다니시던 어머니
동생과 내가 먼발치서 기웃거리면
어머니는 급히 말은 국수 한 그릇
행주치마에 감추시고 담장 뒤로 오시어

얼른 먹고 가라시었습니다
그 말이 왜 그리 서럽던지
어머니!
당신의 행주치마에 밴 땀 냄새가
너무도 그립습니다

지난 가을 뒷산 언덕에
당신을 묻고 돌아서던 날
두류봉 오르는 길엔
유난히 단풍이 붉게 물들었습니다
칠성판 위에 겨우 흙 한 삽 덮어 드리고
내려오는 산길이 얼마나 허망하던지

어머니는
생전에 자식들이 마련한
가족 산소가 마음에 들어
아버님 뵈러 가실적마다
"난 여기가 좋아

나 죽으면 여기에 묻혀
청산 계곡물 소리나
실컷 들으련다"하시며
당신의 육신이 온전히
땅에 묻히시길 원하시었습니다

머잖아
돌돌돌 여울물 소리에
쪽동백 속눈 트고
목련이 수런수런 꽃 살 틔우면
당신이 좋아하시던
진달래 몇 가지 꺾어
어머니!
이승에 봄이 왔다고
이제 편안하시냐고
산소 앞에 엎드려
문안 드리렵니다

만두

설에 모인 가족이
둘러 앉아 만두를 빚는다
어머니 만두는
날아 갈듯 한 외씨버선
아내 만두는
수줍게 떠오른 반달
누이 만두는
매화 벙그는 복주머니
모양도 제각각 민주주의다

만두는 평화의 음식
김치 숙주나물 두부
당면 다진 고기가
한 이불 속에 나란히 누워
서로 살을 보듬으며
깊은 맛을 우려낸다
한 해의 고단한 삶도
도란도란 만두피 속에 담는다

밖은 눈발 날리고
따끈한 방에 오순도순
우리를 둘러앉게 하는
만두는 두레밥상이다
탕평책이다

외할머니

외할머니 손잡고
해송 냄새 물큰한
고개 길 오르던 아이는
갑자기 꿈 얘기를 했다
외할매
나 꿈에서 엄마라는 여자를 봤다
엄마라는 여자를 보았다고
응 내가 누구냐니까 엄마라고 했어
어떻게 생겼더냐
얼굴이 동그랗고 입이 작았어
그리고 할머니처럼
머리를 뒤로 묶었어
그래서 어떻게 했냐
나는 엄마가 누구인지 모른다고
도망을 갔지 뭐
도망을 갔어
응 그런대도 자꾸 울면서 쫓아 오는 거야
무서워 울다 깨어보니 꿈이었어

그때였지요

외할머니가 고개 길에 털썩 주저앉아

통곡을 했습니다

정순이 이년아 이 불쌍한 년아

니 새끼한데 얼굴이라도 익혀 놓고

죽었어야지 이 나쁜 년아

* 본 시는 세 살적에 어머니를 잃은 동화작가 정채봉의 수필 「이모 집 가는 길」의 내용을
  시화하였음.

어머니표 참기름

등 굽은 어머니
돌담 뙈약 볕 아래
깨를 터신다
자식 보다도
당신의 노년을 지탱해준
지팡이로 탁탁 깻단을 두드린다

추석 지내고
고향집 떠나 올 때
어머니가 소주병에 담아
신문지로 싸주신 참기름 한 병

다 닳은 손금으로
감 돌배나무 함께
홀로 고향 지키시는 어머니

고샅길 동구에서 서성이던
외로움이 발효 된

'어머니 표 참기름' 한 병은
모두 땀방울이다
모두가 어머니 눈물이다
깨가 서 말이면 땀이 서 말이다

귀향

구월산 아래 은율이 고향인
당숙모님은
팔순이 다 되신 지금도
고향 가는 꿈을 꾸신다
옛집의 얘기를 하실 땐
소녀처럼 볼까지 붉어져
참으로 고우시다

쫓기듯 도망치듯 떠나 온 고향
잠간일께다
네들이나 휑하니 다녀오너라* 하시던
부모님 말씀을 뒤로하고
떠난 세월이 60여년
가끔은 온 동네 개가 짖는 밤
송재 고향집 대문도
두들겨 보지만
아무런 대답 없이
허망하게 꿈을 깬다

정곡사 길 따라 엄마 손잡고
서낭골 외갓집 가는 날은
너무 좋아 깨끔 발로
깡충 깡충 앞질러 가면
찔레 덤불에서 풋 꿩이 날고
외갓집 마당에는
키다리 접중화가 붉게 피었다

구월산 주게봉에 올라
혼잎 삽주 장구채 나물을 하고
싱아 뻐꾹채 찔레를 꺾던 친구들
우리 집 장독대에서
봉숭아물도 같이 들이던
기춘아! 정애야! 정옥아!

물레 소리, 다듬잇 소리에
달이 기우는 밤
출출하면 엄마를 졸라

두불콩 밀범벅을 해 먹고
곰념 갯벌에서 아버지와
참조개 소라를 잡았다

고향집 싸리울에
함박눈이 내리면
대보름 꽃등불이 타고
할머니는 손 시린 아이들에게
콩깻엿을 나누어 주었다
하얗게 핀 목화를 따며
이랫시 "꽈" 저랫시 "꽈"
말끝마다 "꽈" 소리를 하며
정담을 나누던 동네 사람들

중학교에 들어가
새하얀 칼라 교복에
보랏빛 꿈을 꾸다
쫓겨나듯 떠나 온 고향이

엊그제 같은데

귀밑머리 서리 내리고

귀향의 날은 아득하다

* 함동선 시인의 시 「눈감으면 보이는 어머니」에서 인용.

어머니 메밀낭화

어머니하고
나직한 목소리로 부르면
아련히 혀에 감겨오는 음식들
그 사람은 행복하다

구월산 아래 내 고향 은률에선
칼국수를 낭화라 하는데
호박 넝쿨이 헛간 지붕 넘어
청옥 빛 애호박이 열리면
어머니는 낭화를 만드시었다
메밀에 밀가루를 섞어 반죽하고
안반 위에서 홍두깨로 밀어
얇고 둥글게 한 다음
칼로 싹둑 싹둑 썰어낸다

저무는 골목에서 뛰어놀다
날 부르는 소리에 들어와
상머리에 앉으면

진강포구 갯벌에서 살 오른
야들 야들한 참조개 살과
애호박나물이 고명으로 얹힌
칼국수가 날 반긴다

양념장 끼얹어 한 술 입에 넣으면
그 깊은 맛에
혀가 마구 휘말린다
후루룩 후루룩
시원한 조개국물까지 다 마시고나면
만월로 떠오르는 어머니 사랑

어미 개 삼순이

삼순이가 처음 새끼를
네 마리 낳았다
핥고 빨고 뒹굴며
삼순이는 행복했다

마지막 새끼를 떠나보내 던 날
새끼를 안고 가는 발길을
막아보려 했지만
이별은 가혹했다
소리 내어 울지도 못하니
그 속인들 오죽했을까
삼순이는 죽기로 작심 한 듯
아무것도 먹지 않고 드러누었다
나날이 마르기만 해
갈비뼈 하나를 주었더니
그걸 물고 십리 밖
새끼 있는 곳으로 달려갔다

사람들은 동물의 사랑을
외면하려 하고 그들의 이별을
입에 담지 않는다
창졸간에 팔려나간
어린 송아지를 못 잊어
어미 소가 몇 날 몇 밤을
큰 눈망울에 눈물 그렁그렁
음매에 음매에 슬프게 울어도
인간들은 암소가
젖이 불어 운다고 한다

엄마의 발톱

이순의 나이가 지나니
발톱 깎는 게 쉽지 않더군
발목이 잘 구부러지지 않고
손톱 깎기도 힘이 없어
자꾸만 비뚜러졌어
연노하신 엄마 생각 나
가죽만 남은 작은 발을 쥐고
발톱을 깎아드렸지
참 좋아 하시더군

어릴 적, 폴짝 폴짝 깨끔발로
사방치기를 하던 귀여운 발
시집 온 후 엄마는 평생
우리 집 들보를 이고 걸으시느라
발톱이 다 닳으셨어
나는 수그려 엄마의 발톱을 깎고
엄마는 흰머리가 더 많은
내 머리를 쓰다듬으셨지

난 아이마냥 쿵쿵
엄마 무릎 냄새를 맡았어
엄마 무릎에 누워
갈그락 갈그락 귓밥을 파던 기억,
뜰엔 모란이 피고
부엉이 우는
무서운 밤을 생각하며
난 까무룩 잠이 들었어

녹두부침개

작은 외삼촌 혼인 준비하려
외가에 가는 날
너무 좋아 깡충거리며
길을 따라 나섰지만
얼마 못가 엄마 등에 업혀
외가에 들어섰다

잠결에 외할머니가
나를 안아 내리고
찌지직 소리와 함께
고소한 냄새가 코를 찔렀다

부엌에서 가마솥 뚜껑 엎어 놓고
큰외숙모 이모들이 둘러 앉아
부침개를 부치고 있었다
잘 익은 배추김치 숭숭 썰어 넣고
돼지비개로 부친 녹두부침개

한입 베어 물면
구수한 맛이 입안 가득하고
씹을수록 고소하다
그 냄새 고샅길 따라
연기처럼 퍼져 나가
온 동네 잔칫날을 알린다

장마당 국수

밀 타작 끝나고
울안에 접시꽃 피면
아버지는 외동아들인 나를 데리고
은율읍 오일장에 가셨다

평소 아끼시는 세루 두루마기
꺼내 입으시고 흰 고무신 신으신
아버지 손잡고
우리 집 사과나무 과수원이 있는
살피재 고갯길 넘을 때
내 발길은 구름을 탄 듯 했다

장구경하다 배가 출출해질 때쯤
근처 호국수* 집으로 들어가면
삼삼한 참조개 국물에
애호박나물, 곰녈 갯벌에서 속살 익힌
야들 야들한 조갯살을
고명으로 듬뿍 얹은 국수가 나온다

양념장 끼얹어 낭창한 국수발
입에 넣으면 목구멍 속에서
꼬르륵 보채는 소리가 난다
후루룩 후루룩 국물까지 다 마시고
집으로 돌아오는 길은
구월산 그늘만한 아버지 사랑

* 호국수 : 황해도 은율 지방에서는 밀국수를 호국수라 한다.

모정

출가해 금강산에서
용맹정진 수행하시던
성철 스님
아들이 너무 보고 싶어
몸이 약한 스님을 위해
한약과 옷가지를 챙겨
먼 길 물어 찾아온
어머니에게
속세의 인연이 끝났다며
돌맹이를 던져 쫓아 보냈다
돌아서 눈물 흘리던 어머니
"내가 낳았어도
그 속을 모르겠네
너 보려 안 왔다
금강산 구경하려 왔지"
둘러대고 하산하는
어미의 아픈 마음 아는지
산그늘만 한

부처님 가피가
슬며시 다가와 보듬는다

분지 새우채

지난 설에
오빠 좋아한다고
누이가 분지 새우채를
담궈 보냈다

고향 음식중
첫눈 내리면 생각나는 게
뚝배기에서
보글보글 끓고 있는
분지 새우채다

잘 여문 분지 열매를 따
민물새우와 무를 썰어
항아리에 담고
양념해 푹 익혔다
찬바람 불면 꺼내 먹는다

입안에서 톡톡 터지는

싸한 분지 향기
누이의 간곡한 사랑으로
버무린 고향의 맛이
어머니를 그대로 닮았다

이 화백의 자화상

이 화백의 작품 전시에
최근 그린 자화상이 걸렸다
화면이 온통 검은 색이다
웬일이냐고 물었더니
요즘 내 마음이 저래 하신다

이 화백의 작품은 치열하다
적황청 계열의 색채는 강렬하고
붓놀림은 거칠다
구도와 색채에서 오는 빛이
격정적인 몸부림을 느낀다

지난해 봄 이 화백을 만났더니
전쟁 소재 작품 몇 점을
외교부를 통해
펜타곤pentagon에 보내느라
바쁘게 지냈다고 하셨다

116

가을빛이 눈부신 날
이 화백께서 전화를 하셨다
이렇게 하늘이 맑고 좋은데
안 좋은 소식을 전하게 되네
엊저녁 집사람이
하늘나라로 갔어 하시며 울먹이셨다

순간 가슴이 먹먹했다
출산 직후 어머니가 돌아가시어
큰어머니 젖을 먹고 자란 이 화백
평생을 두고 고향 해주와 어머니가
그림의 화두였다

이 봉우 젤마나 여사
목이 상큼하고
눈매가 선해
한 마리 사슴을 닮으신 분
안성 유복한 집 딸로 태어나

혈혈단신 월남한 이 화백과 결혼하여
성공한 화가의 길을 가도록 내조하느라
얼마나 힘이 드셨을까

췌장암 판정을 받으신 후
저 양반은 나 없으면 안돼 하시며
혼자 남을 이 화백을 걱정하시던 분
고향의 모습을 닮은
복포리 남한강변에 터 잡고
마지막 황혼의 꿈을
붉게 물들이고 싶어 하셨던
두 분의 소망이
검불처럼 스러졌다

긴 머리 날리는 만년 소년
침향 같은 미소가
언제나 조용히 머물던 얼굴
그 형형하던 예술혼은 어디로 가고

혼자 남은 외로움에
몸부림하다
이제 어두운 자화상만 남았는가

쪽동백

꾀꼬리 울면
쪽동백 피고
쪽동백 향기에
보리 이삭 패는데
올 봄은 꾀꼬리 소리
들리지 않는다

쪽동백 아래
모싯대 꺾으시던
어머님 떠나시고
꾀꼬리도 울지 않으니
적막한 이승의 봄
내 어이 홀로 지낼까

제 **4** 부

시는 나의 사랑

스와니강

시 한줄 써 보려 하나
가슴이 열리지 않는다
이럴 때 머나 먼 저 곳
스와니 강을 불러 본다
닫힌 마음 조금 열린다
심장에 피가 돌기 시작한다

추억의 스와니강
중학교 입학해 처음 배워
학우들과 강가 언덕에서
함께 부른 노래였다
단발머리 소녀도 있었다

긴 세월 지나
이마에 주름 깊어도
난 못 잊겠네
스와니강

그 가을 유명산에서

문우들과 유명산을 오른다
낙엽을 밟으며
누구는 조락凋落을 얘기했고
누군 이별을 생각했다
이별도
그냥 이별이 아니라
너도 가고 나도 떠나는
차안此岸의 강을 건너는
다시 못 볼 이별이라 했다

어느 노시인은
인생의 조락들이 붉게 물들어
우수수 진다고 했고
가을이 외로운 여자는
떨어진 낙엽 집어 들고
잃어버린 꿈 조각을
줍는다고 했다

눈부신 날들은 가고
이제 마음은 다들
떠날 준비를 하며
저마다 가슴에
속울음 하나씩 숨기고,
올가을 단풍 참 곱네!
저어 저, 내 보담도
이별 보다 시린
쪽 빛 하늘 좀 봐!

기별

아침에는 눈이 밝고
저녁에는
귀가 밝아진다는데
내 영혼 눈멀고 귀먹어
소슬한 바람에
붉나무 잎새 물들고
저녁 무서리 내려도
아무런 기별이 없다

맑은 귀를 틔워
별 흐르는 소리
달 기우는 소리
무서리 내리는 소리
낙엽 지는 소리를
들어야 시인이라는데……

가을빛이
산등성이를 넘으면

가슴 설레어
불 맞은 짐승처럼
산과 들을 마구 헤매다
영혼의 심연에서
시 한 편 건져 올리던
날이 있었다

시는 나의 사랑

나는 시를 사랑 한다
시는 무량無量해서 좋다
시를 쓰면서 나는 자유인이다
아무도 나에게 시를 이렇게 쓰라
간섭하지 않는다
혼자 시를 쓰고 혼자 시인이다
아직도 난 시인들이 다 떠난
강변이나 산기슭에 남아
더듬더듬 시를 쓴다

나는 새벽녘에 일어나
시 쓰는 것을 좋아 한다
온전한 고립무원일 때
시혼詩魂이 내린다
살아있는 것들에 귀 기울이면
미명의 뒤란 숲속에서
뻐꾸기가 서러운 빛깔로
이승의 봄을 재촉 하고

지나간 상흔이 어른거린다
왜 그랬을까
후회와 상실로 몸부림하다
오랜 추스름 끝에
상처를 헤집고 고해하듯
한편의 시가 찾아온다

김종삼의 애니로리

묵화墨畵의 시인 김종삼
죽어가는 순결한 아이를 두고
애니로리를 노래했다
드뷔시와 말러를 좋아했던 시인
술과 음악이 있으니
삶은 그런대로 견딜만했다
내용 없는 아름다움의
실체를 고뇌하며
북 치는 소년을 썼다
스스로 삼류를 자처했지만
그는 가장 순수한 시인이었다
말년이 지독하게 가난하여
술자리가 생기면 통음을 했다
연락 받고 달려 온 딸아이에게
의지하여 시내버스에 오르면
시인은 선채로 흔들거리며
애니로리를 불렀다
평생 딱 한번 여인을 사랑했다

남해 어느 선창에서
피문어 한 축을 사
밤새 둘이 씹어 먹고 헤어졌다
그녀와 이별 후
죽을 것만 같았다고 고백했다
늦은 귀가 길 그의 손에는
늘 신문지로 싼 소주병이
저승사자처럼 들려있었다

백석의 갈매나무

백석의 시
남신의주 유동 박시봉방
아내도 없고 또,
아내와 같이 살던 집도 없어지고
외톨이 가난뱅이가 된 백석
바람세고 날도 저문 어느 날
남신의주 유동 목수네 집 헌 삿을 깐
방에 들어 쥔을 붙이었다
나줏손에 쌀랑 쌀랑 싸락눈 내리는
문창에서 달 옹배기 화로를 끼고
자신의 무력함을 탓하다
먼 산 바위 옆에 외로이 서서
하얀 눈을 맞을 그 드물다는
굳고 정한 갈매나무를 생각한다

김유정 문학관에 들렸다
근처 강원 도립 화목원에서
백석의 모든 시에

관통하는 이미지 그의 열망
그 정한 갈매나무를 찾아냈다
한길 높이에 검 녹색 열매가 달렸다
백석의 시를 읽으며
얼마나 그리워했던 나무던가
메기 수염 할배가 청배를 팔던
정주성 깊은 골에도
그 귀한 갈매나무가 있었을까

사랑은 죽음보다 깊고
황경피나무보다 귀하다고 노래한
자야*도 모르는 나무였다
남북 분단이 갈라놓은
그녀의 시퍼런 사랑도
이젠 흘러버린 강물 되어
섬섬옥수 힘줄 돋고
검은 머리 서리 내렸다

눈 내리는 삼수갑산에 유배
양치기가 된 백석
겨울밤 혹한에도 얼지 않는
뜨거운 이름 가슴에 안고
별빛 차가운 북극성 아래 누워,
어부들 노랫소리 자란자란한
소라방등 붉은 남쪽나라를
그리며 자야가 보낸
누비옷 입고 눈을 감는다

미역 냄새 나는 바닷가
봄 도다리 쑥국 향긋하고
푸른가지 붉게 붉게 동백꽃 피는
통영 감로수 명정明井골에서
백석은 객주 집 딸 난이를 사랑했다

*대원각 경영주 자야 김영한은 백석과 이별 후 반백년 지나도록 그를 그리워하며 살다 말년에
천억 상당의 대원각을 법정스님에게 시주해 길상사를 세웠다. 그녀가 죽은 후 유언에 따라
그녀의 유골이 첫눈 내리는 날 길상사 앞마당에 뿌려졌다.

산다래

영혼이 무청보다 푸른
심 시인이
가을을 가득 안겨줬다
새큼 달콤하게 익은
산 다래 한 움큼
백로가 몇 날 남았는데
벌써 다래가 익었나
오랜만에 가슴이 띈다

아스라이 먼 기억
눈동자 까만 오누이
아버지가 구왕산에 올라
떡갈나무 잎에 싸오신
알알이 여문 산 다래를
툇마루에 앉아 먹었다
할머니께서
다래 한 줌이면 똥이 한 말이니
많이들 먹으라 하셨다

시인의 눈물

시인은
세상이 아름다워 운다고 했다
반가운 사람을 만나도 울었다
시인들이 모이면 박용래가 와
한바탕 울어야 시회가 끝났다
강경상업 시절 용래는 스타였다
수재에다 정구 선수로 졸업 후
그 어렵다는 조선은행에 입행해
남들의 부러움을 샀다
활달한 성격이 변하기 시작한건
중학교 때 강 건너 마을로
시집 간 누이가
첫아이 낳다 죽고 난 후였다
막내로 자란 용래를
일찍 돌아가신 어머니 대신 업어 키운 누이
시인은 종종 옥녀봉에 올라
황산 나루 건너 걸린
붉은 노을 바라보며 목 놓아 울었다

고향집 마늘 밭에 저녁 눈 내리면
누이가 못 견디게 그리웠다
구절초가 피어도 매디 매디 눈물 비치고
오동 꽃 우러르다
검정 치마 흰 저고리 옆 가르마
홍래 누이 생각나면
노을 짙은 강변으로 가
이승의 삶이 서러워 또 울었다

지리산

민족의 아픈 역사 소용돌이 친
지리산에 들어 선 순간
산의 정기가 이마를 때린다
울렁울렁 골마다 선혈이 흐른다
수많은 영령들이 노고단에 묻히고
총성 치열하던 돌무덤엔
때늦은 원추리 꽃이 한창이다
운해 위로 솟은 천왕봉이
그냥 돌아가라 손짓 한다
무심히 등구재 둘레 길을 넘으려는데
나도 모르게 몸이 달아오른다
토지의 구천이와 별당 아씨 넋은
어느 골짜기를 헤매고 있을까
버림받은 빨치산 이현상은
어느 산마루에서 통곡할까
수많은 순고한 사람들이
죄인 아닌 죄인 되어 숨어든 지리산
동학당, 독립운동가, 빨치산

지주 집 불 지른 소작인들

달 가고 해 가면 산은 더 푸르른데

적막한 별빛 아래 홀로 울다 지친

영혼들을 누가 있어 달래 줄까

어머니의 산 지리산이 다 용서했다 해도

하늘의 노여움이 천둥을 울린다

혹여, 핏빛 노을 속으로 울려 퍼지는

화엄사 저녁예불 범종 소리가

구천을 헤매는 혼령들을 위로해 주려나

반야봉 너머로 떨어지는 해가

울음 삼킨 섬진강처럼 붉다

가을의 시

주여!
이 가을엔
제 영혼이 온유하여
들녘 벼이삭에
찰랑대는 가을빛을
당신의 숨결로 느끼게 하소서

귀뚜라미 우는 밤
당신은 은하의 별빛 모아
직녀 보다 더 고운
가을 비단 한 필을
짜고 계시겠지요

당신이 솜씨 좋은
북 놀림을 멈추시고
베틀에서 내려오면
세상은 또 한 번
색채의 황홀경에 빠져

사람들마다
오매 환장하겠네!
저 불타는 단풍 좀 봐,
찬탄하다
아침 선잠마냥
한바탕 꿈에서 깨어나면
이별의 눈물을 흘리겠지요

대흥사 유선관

남도에 내려오는
문화예술인들이
쉬어 가기를 원하는
대흥사 유선관에서
하룻밤 묵었다
방안에 두 폭 모란 병풍과
여덟 폭 산수 병풍
괴목 탁자 하나가 전부
티브이도 없고
화장실이 외져 요강을 사용한다

안주인이 직접 차려
내오는 남도밥상이 정갈하여
자꾸만 수저가 간다
봄 어스름 내리는
두륜산 골짜기 타고
대흥사 저녁 예불 범종 소리
고즈넉이 들려온다

창호지 문 밖 계곡 물소리가
밤새 세속의 때를 씻어주더니
새벽녘 내리는 빗소리 단잠을 깨운다
아침 대흥사 오르는 오솔길에
쏴아 쏴아 녹우綠雨가 쏟아진다
아하, 소리였구나!
사람들이 유선관을 찾는 까닭이

올해도 과꽃이 피었습니다

신 새벽 깨버린 잠
풀벌레 소리에
다시 잠들지 못한다

뒤란 장독 옆에서
혼자 울먹이던 과꽃
슬그머니 내안으로 들어온다
속절없이 긴 세월
그냥 놓아 보냈는데
올해는 과꽃이
자꾸만 눈에 밟힌다

어젯밤 꽃밭에서
누나의 발자국 소리가
자분자분 들리더니
오늘 아침 담홍색 과꽃
노오란 화심에
누나 얼굴이 숨었다

일터로 간 엄마 대신
동생을 업어 키운 누나
저물녘 과꽃 들여다 보다
홀로 눈물짓던 누나는
허기진 동생들 두고
구로 공단 가발 공장으로 갔다

섭리

매화는 찬서리 맞으며
맺힌 꽃봉오리 일수록
향이 짙고 색이 선명하다
호두도 온갖 풍상을 다 겪어야
알이 꽉 차고
여름 땡볕에
떫은맛이 강한 풋감일수록
가을에 달콤한 홍시가 된다

사랑하는 그대여
당신의 삶이
이지러져 가슴 저미는
그믐달 닮았다고 서러워 마라

신이 가장 사랑하는 것들은
가난하고 외롭고
슬픔 속에 살도록 해
그 영혼을 풍성케 하셨으니,

신은 하늘에 별을 지으실 때

우리네 가슴에

설움도 만드시었다

강은 산을 넘지 못하고

아무리 그리워도
강은 산을 넘지 못하고
아무리 간절해도
산은 강을 건너지 못한다

산이 외로우면
계곡을 내어 강과 만나고
저녁이면 봉우리 하나
슬그머니 내려 와
강물을 껴안는다

사랑하는 사람아
태산 같은 사랑이
그대에게 오면
산을 넘으려하지 말고
그냥 품고서 돌아가라

격한 물줄기가

바위에 부딪치며
흐르는 동안
맹목의 사랑은 깊어지고
유원한 강물은
그대의 꽃다운 시련 너머
더 푸르게 흐르리라

세상의 아침

세상이 날 버렸다고 생각
문을 꽁꽁 닫아걸고
절망과 어둠속에
날 가두었다

어느 눈부신 아침
문밖이 시끄러웠다
이 봐 어서 문 열어!
나는 망설이다 문을 열었다

열린 문틈으로
감잎 물든 햇살이
쏟아져 들어오고
잃어버린 자아가
탕자처럼 돌아온다

문 밖을 봐
황금물결 일렁이는

산과 들이 다 당신 세상이야
그러고 보니
너무 빨리 달려오느라
내 삶을 미처 돌아보지 못하고
허망한 꿈속에 빠져 있었구나

상원사 가는 길

진짜 힘 좋은 사내
한 번 만나시려거든
운두령 넘어
평창으로 오시게

울울 창창
하늘 치받고 섰는
월정사 전나무 숲 기개에
거 뭐라든가
당신이 큰 소리 치던
돈이라든가
권력이라든가
정력이라든가 하는 것들이
하찮게 여겨지면
그때 당신 눈에 문수보살이 보여
상원사 선재길을
오를 수 있을 꺼우다

신라 고승 자장율사
부처님 사리 안고
처음 걸었던 옛길
섭다리 출렁다리 징검다리 건너면
서어나무 박달나무 쪽동백이 반기고
물참대 초롱꽃 목란 향기 가득한
선재동자 화엄으로 가는 길

섭섭해도
목란 꽃 피는 오월엔 오지 마시게
아바이 수령도 반한 목란이
상아빛 가슴 활짝 열면
꿈처럼 몽롱한
그 고운 속살 향기에
당신 눈은 모두가
정인으로 보여
어이구! 어이구! 방향 잃고
이 꽃 저 꽃 헤매는 동안

당신의 그 임도
딴 사내를 찾을 꺼우다

박광호 ——————————

- 황해도 은율 출생.
- 2010년 월간 《문예사조》 신인상 당선으로 등단.
- 시집으로 『옛집의 기억』 『내 안에 강물』이 있음.
- 현재, 〈두물머리 시문학회〉 회원
- 경기도 양평에서 전원생활.

시와소금 시인선 058

모란이 피면 벙어리도 운다

ⓒ박광호, 2017, printed in Seoul, Korea

1판 1쇄 발행 2017년 04월 14일
지은이 박광호
펴낸이 임세한
디자인 유재미 정지은
펴낸곳 시와소금

출판등록 2014년 1월 28일 제424호
발행처 강원 춘천시 충혼길20번길 4, 1층 (우-24436)
편집실 서울시 중구 퇴계로50길 43-7 (우-04618)
팩스겸용 (033)251-1195 / 휴대폰 010-5211-1195
이메일 sisogum@hanmail.net
ISBN 979-11-86550-36-6 03810

값 10,000원